令和川柳選書

ビーナスの吐息

外側としみ川柳句集

Reiwa SENRYU Selection
Togawa Toshimi Senryu collection

新葉館出版

令和川柳選書

ビーナスの吐息

■目次

令和川柳選書

ビーナスの吐息

Reiwa SENRYU Selection 250
Togawa Toshimi Senryu collection

第一章

幸せの翼

ランダムに星をはじいてしかられる

幸せの翼を描くペンの先

バタフライ・エフェクト切れた赤い糸

サムライのブルーが時を駆け抜ける
液体に分類されているネコ科
ぎこちなくみんなの列に身をまかせ

すりガラス辿ればセピア色の恋
輝きの日々を織りなすカプリーヌ
侵略へ非難の声が届かない

ピスタチオグリーンに少しだけ嫉妬
気がつけば君と月夜のさがしもの
脱炭素青い地球をバトンする

鬼ならば私の中に二三匹

午睡から醒めてアリスのひとりごと

君去りて空の彼方を震わせる

迷宮を縁取る白い曼珠沙華
天上の華にこころを奪われる
束の間の夜会に浸る遠花火

人道の回廊祖国追われる日
空転へＮＰＴのああ無情
揺らしては心の声を確かめる

まといつく金木犀の香のデジャブ
迷い道過去の私が横たわる
メデューサの仮面を秘めているハート

続編を求めて秋の野に遊ぶ

リモートの画面横切る猫シッポ

淋しさの底に壊れた砂時計

あやふやな別れ話を遠く聞く
うたかたの想いに揺れる夏の果て
片鱗を残して秋に吸い込まれ

暗雲が垂れ込めているクレムリン
伝言を月のウサギに託します
抑揚のないサヨナラで終わる恋

サイバーのテロが地球を駆け巡る
パラレルの世界にだけはある平和
わがままを許してくれた波の音

トルソーに過去の憂いがまといつく
残り香に巻き戻される時間軸
気がつけばタルトタタンの思うまま

いつまでも眠り続けている野心
こじらせた想いをさらす秋桜
ベートーベンフリーズ今が戦いだ

星砂の浜辺に埋める恋ひとつ

希望への灯火となるざくろ石

完璧を求めて紅が滲みだす

大好きな絵本の中で紡ぐ夢
どうする私ゲリラ豪雨と雷鳴と
パイ生地に練り込んでいく愛あまた

ライナスの毛布とバクのおまじない

華やぎのプロムナードで拾う夢

ハロウィンの街に息づくケルト暦

狂おしくあれ渾身の返り花

振り向いて時の魔法をかけられる

満天星《どうだん》の花には花の自己主張

瓶の底ノラは不満を溜めている

叫びたくなる冬薔薇の通過駅

崖っぷちですもの笑顔演じきる

みじん切りしても晴れないわだかまり
桜エビだけのかき揚げ召し上がれ
囚《とら》われの魔物がこころかき乱す

煙突にはまるサンタのメタボ体

川柳の森へいざなうユニコーン

降りそそぐ光に影が付きまとう

水資源保護ヘリニアの迷走図
禁断の愛が生み出すディソナンス
うつむいて小さな嘘に騙される

流星にはぐらかされている理性

北斎のブルー織り成す日本の美

花粉症グスン春をトーンダウンする

妄想の海を漂う罌粟《けし》の花

エイプリルフールに愛を囁かれ

意味深なメモを拾ってから鬱

知床へ心に刻む鎮魂歌

父の忌に彼岸桜と菜の花と

海に降る星にさよなら言い忘れ

砂糖漬けされた菫のひとりごと
指先に春の香りをまとわせる
三月に生まれ微熱を秘めたまま

みちのくの屋根にそぼ降る涙雨
柵を越えて静かな水の音
こぼれ種こんなに花が咲きました

失恋のサラダボールに盛る涙
サイコロの目に私を遊ばせる
紫陽花に抱かれて恋の迷い人

Reiwa SENRYU Selection 250
Togawa Toshimi Senryu collection

第二章 ミックスナッツ

那由多の星に願う幸せ
嵯峨野行き女心が揺れ動く
切り取った時の流れの向こう側

ソーダ水ほどの戯れですホント
食塩不使用ミックスナッツ大袋
貝に聴く海から届くレクイエム

炸裂へペッパーミルが花開く

クリムトの絵に黄金の世紀末

香水のめろでぃーらいん以下の恋

私のグレーゾーンが浮き上がる
恋文の下書き風にさらわれる
三月の匂い袋はさくら色

モノクロの絵本の中で朽ちていく
知床の海に祈願の千羽鶴
真実の欠片を秘めた青りんご

鋭角の君の想いを受けとめる
異次元の世界へ誘うカリカチュア
エピローグ煌めく風とたわむれる

平和への道を歪める独裁者

赤い実のたわわに時の忘れもの

陽だまりに猫派の午後が横たわる

テロメアの限界までの夢の旅
地球儀が不協和音に包まれる
瞳に刻む青と黄の旗

半分は苺で出来ているあなた

その日からハシビロコウに見つめられ

特別なオーロラですと言われても

フラッグが立ってあなたとラビリンス

燻《くゆ》らせたタバコが化ける防衛費

心地よい疲れにひたる薔薇の棘

すれ違う想いに秋が加速する
まやかしの影がちらつく夕間暮れ
青春のシガテラ毒がまだ消えぬ

探し物はひとつポセイドンの槍
フィヨルドに侵略の手が迫り来る
蝶の舞う姿でスイトピーの乱

リュウグウノツカイが空を見たあの日
ジョーカーの目に悲しみの海がある
月までの三キロ君と漕ぐペダル

温暖化地球の息が荒くなる

不都合な事実を隠す雲の峰

センサーの誤作動ですか恋終わる

バッテリー切れてひれ伏すアマリリス

永遠の夢追い人のまま生きる

パワハラを蹴散らしていくハイヒール

マドラーのカランコロンと冬の音
折りたたむ翼に秘めた過去の傷
BTS新たな一歩踏みしめる

擬態していても私はわたしです
メモリーはテディーベアーの足裏に
いつの間に春の星座が顔を出す

太陽がいっぱい猫も伸びたまま
アマルフィー檸檬づくしの昼下がり
原発の再稼働へと舵をきる

祈る手がすくう希望という雫

星屑を拾い集めて書く詩篇

香り立つ夏の座標に吸い込まれ

ダルメイン郷愁を呼ぶ青い罌粟
近未来月のウサギと同居する
折り鶴が願う核なき平和な世

楽園の香りにむせる朱夏の夢
泡沫と消えたマーメイドの悲恋
流星のひとつは君の虹彩に

銀河系経由の便にのせました
青空のかなたへ放つわだかまり
ビン詰めにされたいちごの反抗期

婚活のガラスの靴はぬげたまま

身にしみる寒波が誘う雪けむり

未知数だから恋は駆け引き

走り書き残して消えたサスペンス
感性に走る魚座の星のもと
エルキュール・ポアロのヒゲが暴く闇

ぎこちない苺ミルクの恋模様
思い出の曲に甘えて生きている
夏きざし微かに今が乱れだす

美ら海の悲しみ秘めた黒真珠
月光に羽が透けてはいませんか
付け爪を落とした夏の曲がり角

肌の照り残して秋に落ちていく

更新の果ては海色透ける貝

移り気を九月の雨にさいなまれ

進化する前には確か飛べたはず
ビーナスの吐息をたどる星月夜
音程を外し奈落におちただけ

Reiwa SENRYU Selection 250
Togawa Toshimi Senryu collection

第三章　星がたり

会いたくてほたるになった流れ星

願望の果ては悪魔とするキッス

春待ちのルージュに煌めきの欠片

パディントンベアとボンドに見守られ
女王の気品をまとい天国へ
理不尽の海で溺れているカフカ

散らばっていたのは朽ちた白い花
雛の舞う姿を闇に見てしまう
デジタルのタトゥーが阻む未来地図

ソルフェージュそして優しい風になる
もらい泣きしたのは空が赤いから
カレンダーめくれば春のカルテット

さくら色した想い出をなぞる指
コルセットから解き放つココシャネル
大空にとけてはばたく青い鳥

巣立ちの日こころは複雑な形
狼狽えて釦が一つずつずれる
日本食ですねカレーとナポリタン

今君はひかり輝く風の中

遠花火ふたりの時を確かめる

終末へカウントダウンする地球

エイサーに熱き鼓動が立ち上がる
八月の光の中に消えた恋
水枯れてゆるい螺旋を駆け降りる

花貝の散らばる浜に君の影
こんな日はベルリオーズと黄昏れる
瞳閉じれば過去のトラウマ

ひまわりの視線の先に見る平和
体温で溶かせるほどのわだかまり
彷徨ってたなびく雲にさらわれる

こもれびに微笑みかける昼の月

イテウォンの涙のあとが乾かない

ケとハレの狭間で揺れる薪能

恋しさの形に海が凪いでいる
のしかかる孤独に揺れているネット
うろこ雲小さな秋と出会う旅

豊かさが脆く崩れるコロナ危機

サイレント花火に夢が花開く

メレンゲの秘密に触れてからのウツ

乱入の冬のトンボにひざまずく

せめぎ合う過去と未来の汽水域

ミルフィーユくずれて恋は終章へ

同質の中で喘いでいる個性

レクイエム青い地球に鳴り響く

バービーの笑顔に透けるきのこ雲

不意に出る涙のわけを知りたくて

スナフキン語録生まれるソロキャンプ

ポイ捨てのプラが狂わす自然界

クルクルとゆっくり落ちる虚栄心
縄文のビーナス像にささやかれ
返り花モヤモヤひとつ消えました

水色の恋青春の一ページ

全方位キレイに見えた雪うさぎ

平凡な日々は奇跡の積み重ね

ポテサラにソースで君が出来上がる

リュウグウに水の恵みの玉手箱

黒煙にむせぶ戦禍のウクライナ

ギヤマンの透き通っては黄昏れる
美しい仮面の下のベラドンナ
眠らせた想いに点火する静寂

流氷の世界にクリオネの揺らぎ

ラッパーの髭に音符が飛び跳ねる

新たなるウイルスひざまずくヒト科

逢いに行く心にまとう緋の衣
天使舞い降りモフモフの子猫
凶弾が響く平和な奈良のまち

さびしさはリラ冷えのする北窓に
また僕を追い越していく君の風
傷心をジェリーフィッシュに癒される

曖昧な記憶をたどる倒叙集
眼差しは名探偵のその先へ
くすぶっていたのは過去に見た轍

終わらない軍事侵攻への不安
めぐりあう奇跡クリスマスの夕べ
痛点はフワリ天使の羽あたり

くまモンの化粧回しがたくましい

冒険の時を忘れた二重窓

またあなた基本テーゼが揺れている

許されてさくらんぼうの片割れに
お喋りなグラスが過去に触れたがる
イヴだった頃の記憶がまといつく

罪深いセピアの殻の割れる音
冬銀河すこしあなたが近くなる
いつかまた会う日のためのノクターン

あとがき

川柳の森に迷い込んではや二〇年。浜松川柳社いしころ会の今田久帆先生、ふあうすと川柳社の新貝里々子先生のご推薦をいただき、令和川柳選書に参加出来ることを大変光栄に思います。また新葉館出版の竹田麻衣子様にも多大なご尽力をいただきとても感謝しております。

私と川柳との出会いは二〇〇二年春に遡ります。今は亡き書道の師であり浜松川柳社いしころ会同人の金田真峰先生の勧めで師の主催する川柳入門講座に入ったことに始まります。二〇〇二年秋には浜松川柳社いしころ会へ入会。その後、静岡たかね川柳会、袋井川柳吟社「麦」に続き二〇一四年にはふあうすと川柳社へ入会いたしました。また二〇一九年の静岡ふあうすとの会の立ち上げに微力ながら関わらせていただきました。

日々川柳の森は拡大し、私に多くの先生や先輩方との出会い、またある時は心の支えとなり、人生の指針を与えてくれました。

毎月の投句締め切りに追われながらも、それが生活のリズムとなり、今日では川柳の無い人生は考えられなくなりました。

最近相次いで「としみさんの句はカタカナが多いようだけど何か意図はありますか」という問い掛けをいただきました。

そこで私はこれまでの自由な作風に少し負荷をかけるのも良いかもしれないと思いつき、試行錯